Wolfgang Heiner

Die Schüsse am Schlangenfluß

Band 1

Hänssler-Verlag
Neuhausen-Stuttgart

ISBN 3 7751 0360 - 0

TELOS-Kinderbuch-Sonderausgabe Nr. S 760

Umschlaggestaltung Walter Rieck
Gesamtherstellung: Ebner, Ulm

Inhalt des ersten Teils

Der Mord 6
Gerhards Blutrache 22
Flucht in den Süden 28
Dort, wo der Kaffee wächst 39
Carneval in Rio 50

Der Mord

Brasilien ist das größte Land Südamerikas. 35mal größer als die Bundesrepublik, hat es doch nur knapp doppelt so viele Einwohner. Im Norden, dem Amazonasgebiet, einer sehr heißen und feuchten Gegend, leben nur wenige Menschen. In den Orten Recife und Salvador, die zu den bedeutendsten Küstenstädten des nördlichen Brasilien gehören, herrscht bitterste Armut unter den meisten ihrer Bewohner. Lediglich die wenigen Reichen, die in ihren mit Klimaanlagen ausgestatteten Häusern die Schönheit des Landes genießen, behaupten, Gott müsse ein Brasilianer gewesen sein, weil er dieses Land so schön erschaffen habe.

Doch ich will nicht vom heißen Norden Brasiliens berichten. Auch wird in diesem Buch nur am Rande die Rede sein von der großen Stadt Rio de Janeiro (Fluß des Januars). Hier geht es vielmehr um die dramatische Geschichte zweier Familien im Süden des Landes.

Fährt man auf der neuen Asphaltstraße von der Provinzhauptstadt Curitiba in westlicher Richtung nach Paraguay, so durchquert man die verschiedensten Landschaften. Da gibt es Wälder, aus deren buschreichem Unterholz die stolze Kronenkiefer herausragt, ein Baum, der dem Staat Paraná zum Wahrzeichen geworden ist. Der junge Baum ähnelt unseren Kiefern, doch wenn er erst einmal die Höhe von zehn Metern erreicht hat, fallen alle seitlichen Äste ab. Nur seine Wipfel krönt dann noch das dichte Nadelgrün. Mit ein wenig Phantasie sehen diese Bäume dann aus wie Regenschirme.

An der Straße liegen zahlreiche Sägewerke, in denen die Kronenkiefer zum wichtigsten Exportartikel verarbeitet wird. In Deutschland ist das Holz dieser Pinien, wie man die Kronenkiefer nennt, äußerst beliebt. Gemeinhin bezeichnet man sie einfach als »Brasilkiefer«.

Aber kehren wir zurück auf die neue Asphaltstraße. Hinter den Wäldern gibt es zuweilen weites Steppenland, manchmal auch große Mais- oder Sojafelder. Hier und da wachsen Bananenstauden und Apfelsinenbüsche, und bisweilen fällt das Auge auf Getreidefelder. In Paraná haben sich vorwiegend deutschsprachige Mennoniten aus Rußland, Donauschwaben, aber auch Japaner und Italiener angesiedelt. Nur ganz selten trifft man auf echte Indianer. Sieht man einen dunkelhäutigen, mit Strohhut bekleideten Brasilianer, so ist es meistens ein Caboclo, ein Halbindianer. Caboclos stammen aus Indianerfamilien, in die Portugiesen eingeheiratet haben.

Anders ist es allerdings in der Gegend des Kilometersteins 288, etwa 250 Kilometer vor den Igwasu-Fällen. Hier am Schlangenfluß (Rio das Cobras) leben in einem Schutzgebiet mehr als eintausend echte Indianer, die dem Kaingang- und Guarani-Stamm angehören. Früher einmal gab es in diesem Land ausschließlich Indianer. Wie viele es waren, weiß heute niemand mehr zu sagen. In unserer Zeit machen sie nicht einmal mehr ein Prozent der Bevölkerung aus. Unter den hundert Millionen Brasilianern gibt es wahrscheinlich nur noch ungefähr 100000 Indianer. Sie leben in Reservaten. Eine staatliche Behörde namens Funai ist eigens von der Regierung damit beauftragt, dafür zu sorgen, daß sie in ihrem Lebensraum nicht noch mehr eingeengt oder benachteiligt werden. Gegründet wurde diese Behörde von dem ehemaligen General Rondon, der selbst Halbindianer war. Er wollte damit die ehemals aus Asien eingewanderten Volksstämme, die eine braune und nicht eine rote Hautfarbe wie ihre nordamerikanischen Blutsbrüder haben, vor der Ausbeutung durch die Kolonisten schützen. Etwa fünfzig Meter nördlich der Fernstraße, an einem kleinen Pfad, steht ein Kreuz. Es ist nicht eine der vielen religiösen Anbetungsstätten Brasiliens, die man an ungezählten Straßen und Weggabelungen findet. Es ist auch kein

Denkmal für einen verunglückten Brasilianer. Dieses Kreuz ist ein Mahnmal. Es soll an einen brutalen Mord erinnern.

Hier an dieser Stelle, an der Grenze des Indianerreservats, hatten vor 23 Jahren Missionare eine Missionsstation errichtet. Sie wollten den Indianern die Frohe Botschaft von Jesus bringen. Da es aber selbst Missionsgesellschaften nicht erlaubt ist, in Indianergebieten Land zu erwerben, bauten sie ihre Blockhütten außerhalb des Reservats. Es dauerte lange, bis die ersten Indianer zu ihnen kamen, denn die Eingeborenen haben allen Grund, den Brasilianern gegenüber mißtrauisch zu sein. Zu oft waren sie durch rücksichtslose Siedler ausgenutzt worden; und das Feuerwasser, das die weißen Menschen ihnen anboten, brachte kein Glück, sondern unendliche Not in viele Familien. Immer wieder hatten sie die Erfahrung gemacht, daß sie nur ausgenutzt wurden, deshalb hatten sie Angst vor dem weißen Mann. Es gibt sogar Indianerstämme, bei denen das Wort »Mörder« soviel bedeutet wie »weißer Mann«. Und »weißer Mann« wiederum bedeutet soviel wie »Christ«. Für diese Indianer waren also alle Weißen Christen, und alle Christen waren Mörder. Man hatte einfach zu schlechte Erfahrungen mit den Weißen gemacht, denn nicht alle Kolonisten kauften sich ihr Land ordnungsgemäß von der Regierung. Es gab nicht wenige Europäer, denen es nichts ausmachte, die Indianer auf die gemeinste Weise zu hintergehen. Nicht selten wechselten weite Flächen Land für nur einige Flaschen Branntwein ihren Besitzer, zuweilen »kauften« sich die Neuankömmlinge aus Europa das Land sogar von Indianern, denen es gar nicht gehörte. Wenn dann die wahren Eigentümer kamen und sich mit Speeren und Pfeilen gegen die Eindringlinge zur Wehr setzen wollten, wurden sie rücksichtslos niedergemetzelt. Die meisten der Kolonisten aber trugen Kreuze um den Hals. Nicht etwa, weil sie an Jesus Christus glaubten. Für sie war das

Kreuz so eine Art Talisman, ein Zeichen, von dem sie glaubten, es werde ihnen Glück bringen. Gott aber sah in die Herzen dieser Menschen, und darin fand er Habgier, Haß und Aberglaube.

Immer standen die Indianer auf der Seite der Verlierer. Was auch hätten sie ausrichten können gegen die Feuerwaffen der europäischen Einwanderer?! Die Kugeln waren schneller als die Pfeile.

Viel schlimmer als die Brutalität der Kolonisten aber waren die Krankheiten, von denen auch die Indianer angesteckt wurden und gegen die sie keinerlei Medizin hatten. Selbst ihre Medizinmänner und Kräuterfrauen wurden von ihnen befallen und starben. Scharlach, Masern, Pokken hatten in vielen Stammesgebieten ein Massensterben zur Folge. Und dabei hätte diese furchtbare Not so einfach gelindert werden können, wenn die Einwanderer Impfstoffe gegen diese Krankheiten gehabt und ausgeteilt hätten.

Erst die evangelischen Missionare begannen mit der medizinischen Betreuung. Sie verteilten Medikamente, behandelten Wunden und befreiten Erwachsene und Kinder von den gefährlichen Berne-Würmern. Dieses Insekt legt, wenn es einen Menschen berührt, seine kleinen Larven auf die Haut seines Opfers, und daraus entwickeln sich dann diese Berne-Würmer, die so groß wie Kaffeebohnen werden. Nach kurzer Zeit bilden sich eiternde Geschwüre – ähnlich einem Furunkel –, die äußerst schmerzhaft sind und zu hohem Fieber führen. Die Missionare waren die ersten, die diesem Übel mit keimfreien Pinzetten und Spezial-Medikamenten zu Leibe rückten. Die Wunden wurden gesäubert und mit sterilem Verbandsstoff umwickelt, um eine Blutvergiftung zu verhindern.

Doch die Arbeit der evangelischen Methodisten-Mission hielt nicht lange an. Die Missionare kannten niemanden, der ihnen die Sprache des Kaingang-Stammes hätte beibringen können, und so waren sie darauf angewiesen, sich ausschließlich über die wenigen Indianer zu verständigen, die Portugiesisch sprachen. Einer, der ihnen beim Dolmetschen half, war Pedrinho, der Kaingang-Häuptling. Pedrinho war als junger Mann von zu Hause ausgerissen und hatte unter Brasilianern gelebt. Als er nach Jahren zurückkam, beherrschte er Portugiesisch besser als die Kaingang-Sprache. Doch er lernte sie bald wieder und wurde zum Häuptling gewählt. Was Pedrinho in der Ferne gehört hatte, waren jedoch lediglich Worte über des Handels und der Arbeit. Von der Liebe Gottes, vom Glauben an Jesus Christus hatte er noch nie etwas vernommen. Wie sollte er jetzt seinem Stamm die Predigten der Missionare übersetzen? Er und seine Stammesgenossen alle waren zwar von einem katholischen Priester getauft worden, auch gingen sie ab und zu in die Messe, wenn einmal ein italienischer Priester in der Nähe war, doch sie verstanden nicht, was er sagte. Ähnlich verhielt es sich nun bei den evangelischen Missionaren, die nicht viel wußten von den religiösen Bräuchen der Indianer. Aber sie gaben nicht auf. Sie bauten eine Kirche.

Tatsächlich kam ein großer Teil der Indianer regelmäßig zur Missionsstation. Aber für sie war Jesus nur eine heilige Figur, der man an Straßen und besonderen Plätzen begegnete. Die Missionare begannen die Kinder zu unterrichten. Diese Kinder lernten aber die portugiesische Sprache nicht. Ihnen konnte man auch nicht erklären, was die Liebe Jesu für ihr Leben bedeutete. Darum wußte man nichts von der Kraft des Heiligen Geistes in den Familien. Und so blieb es unter den Indianern bei erbitterten Familienfehden, geprägt durch Haß und Neid. Der Missionar zeigte sich angesichts dieser traurigen Tatsachen natürlich sehr deprimiert. Sicher: Die Indianer kamen in den Gottesdienst, und sie nahmen seine medizinische Hilfe in Anspruch. Trotzdem hatte sich nichts geändert. Immer noch stahlen sie, was sie nur bekommen

konnten. Und Pedrinho verschaffte sich auf mancherlei Weise Alkohol und befand sich daher meistens in betrunkenem Zustand.

Nach zwei Jahren wurde der Missionar der Station versetzt. Nur noch ab und zu kam jetzt ein Pastor aus einer nahegelegenen Stadt, um Gottesdienste abzuhalten. Da er aber in seiner eigenen Gemeinde sehr viel zu tun hatte, wurden seine Besuche immer seltener. Gleichzeitig fehlte es an medizinischer Versorgung. Man hatte gehofft, es werde bald wieder ein neuer Missionar kommen, doch diese Hoffnung war vergebens. Schließlich übergab man die Missionsstation einem Kolonisten. Er sollte das Grundstück verwalten. Nach 15 Jahren schenkte man ihm dafür einen Teil des Missionsgeländes.

Die Familie Lutasch hatte sechs Kinder. Gerhard war der Älteste. Mit seinen achtzehn Jahren half er dem Vater in der Landwirtschaft. Seine Schwester Brigitte, nur zwei Jahre jünger, ging der Mutter zur Hand. Die zwölfjährige Doris ging ebenso noch zur Schule wie ihre beiden Brüder Adolf und Otto, zehn und acht Jahre alt. Sie mußten die zehn Kilometer zur Schule zu Fuß laufen. Ursula, die auch bald eingeschult werden sollte, war noch zu Hause. Für Vater Lutasch gab es auf dem 170 Hektar großen, von einem Bergrücken hufeisenförmig umgebenen Grundstück viel zu tun. Es war unmöglich für eine Familie, dies alles allein zu bewirtschaften. Vater und Mutter Lutasch waren, wie ihre Eltern auch, in Brasilien geboren. Die Großeltern Lutasch waren damals aus Deutschland eingewandert. Der Großvater stammte aus Schleswig-Holstein, die Großmutter aus dem Hunsrück. In Brasilien angekommen, hatten sie sich zunächst in St. Catarina, einem südlich von Paraná gelegenen Bundesland, niedergelassen. Dort gab es derart viele Deutsche, daß man hätte meinen können, man sei in Württemberg oder im Hunsrück. Einige der Städte dort tragen sogar deutsche Namen, wie beispielsweise Blumenau.

Mit der Zeit jedoch konnte das Land die vielen Menschen kaum noch ernähren, denn die einstmals so großen Felder wurden dadurch, daß man sie an die zahlreichen Kinder vererbte, immer mehr aufgeteilt und damit immer kleiner. Schließlich zogen Herr und Frau Lutasch nach Norden und kamen so nach Paraná. Sie waren zwar glücklich, aber da war eine Schwierigkeit, und die sollte bald schlimme Folgen haben.

Das Land der Familie Lutasch grenzte an das des brasilianischen Kolonisten de Marco. Auch er hatte sechs Kinder, etwa im gleichen Alter wie die der Familie Lutasch. Josué war zwanzig, Maria siebzehn, Antonio zwölf, Lucas elf, Carolina acht; und Pedro, der Jüngste, konnte sein Alter gerade noch an einer Hand abzählen. Anfangs verstand man sich prächtig, denn man war ja letztlich aufeinander angewiesen. So kamen die de Marcos des öfteren und liehen sich Werkzeuge oder Gartengeräte aus. Die Familien besuchten sich gegenseitig und tranken zusammen das brasilianische Nationalgetränk Chimarrão, das ist Matetee, hergestellt aus Blättern von Büschen, die auf dem eigenen Grund und Boden wuchsen. Und bei einer Tasse Tee erzählte man sich dann allerlei Anekdoten. Besonders Vater de Marco, der von einem Indianer abstammte und daher eine dunkle Hautfarbe hatte, bewies dann seine unterhaltsame Fähigkeit, solche Anekdoten zu erzählen. Natürlich übertrieb er bei seinem »Jägerlatein« zumeist maßlos. So erzählte er eines Abends, ohne eine Miene zu verziehen: »Einmal ging ich durch den Busch und schlug mit meinem großen Buschmesser einen Weg durch das dichte Gestrüpp. Plötzlich hörte ich es vor mir fauchen. Ich bemerkte zwei Pythonschlangen. Natürlich habe ich mich furchtbar erschrocken, denn die Biester sind sehr gefährlich. Normalerweise hätten sie sich sofort auf mich gestürzt, doch diese beiden waren zu sehr mit sich selbst beschäftigt. Sie fauchten sich an und versuchten sich zu beißen. Schließlich gelang es der einen,

die andere beim Schwanz zu packen, und die andere tat das gleiche. Jetzt fingen sie an, sich gegenseitig aufzufressen. Und plötzlich – waren sie beide verschwunden. Ich konnte nur noch sehen, wie jede den Kopf der anderen verspeiste.«

Lautes und herzliches Lachen. Mutter de Marco stand dann meistens kopfschüttelnd auf und goß neues heißes Wasser in die Cuja, eine ausgehöhlte Melonenart, in die das Mateteepulver gestampft war und die als Teekanne diente. Mit Hilfe eines Silberröhrchens, das an seiner unteren Öffnung ein Sieb hatte, sog man dann den Tee heraus. Josué wollte seinem Vater nicht nachstehen, und schon kam der nächste Witz.

»Neulich«, so begann er, »gingen wir durch den Urwald. Es war schon Abend, deshalb konnten wir nicht mehr genau erkennen, wo wir waren. Jeder von uns schlug mit dem Buschmesser einen Weg durch das dichte Gestrüpp. Plötzlich hörten wir ein lautes Aufheulen. Jemand hatte einem anderen die Nase abgeschlagen. Jammernd hielt sich der Kerl die Hand vors Gesicht. Was sollten wir tun? Einen Arzt konnten wir um diese Stunde bestimmt nicht erreichen, außerdem waren wir sowieso viel zu weit von der Straße entfernt. Erst versuchten wir, ihn zu trösten, aber er schrie immer lauter: ›Meine Nase, meine Nase!‹ Schließlich kam einer von uns auf den Gedanken und sagte: ›Wo ist die Nase? Vielleicht können wir sie wieder ankleben!‹ Das war zwar eine gute Idee, doch mittlerweile war es ganz dunkel geworden. Wie sollten wir da die Nase wiederfinden? Unser Vorarbeiter fand wieder einmal die rettende Lösung. Er holte aus seiner Tasche ein Säckchen mit Schnupftabak und streute ihn in die Gegend. Plötzlich hörten wir es unter einem Busch laut niesen: Hatschi, Hatschi! Jetzt wußten wir, wo sich die Nase versteckt hatte. Jemand von uns hatte noch etwas Wasser dabei. Er wusch die Nase ab und setzte sie dem Verwundeten wieder an. Dann verbanden wir die Wunde. Natürlich hatte der arme Kerl schlimme Schmerzen. Vorsichtig führten wir ihn durch den dichten Busch, weil er nichts sehen konnte. Als wir nach drei Tagen den Verband lüfteten – o Schreck, was sahen wir da? Die Nase war zwar angewachsen, aber verkehrt. Die Löcher zeigten nach oben. Immer, wenn es regnet, steht dem armen Mann nun das Wasser in der Nase.«

Dieser Witz war selbst für Adolf und Otto zu »doof«. Auch Doris wirkte offensichtlich gelangweilt. Herr Lutasch aber lachte höflich und tat so, als sei das ein gelungener Scherz gewesen. Schließlich war es Zeit, heimzugehen. Frau Lutasch drängte ihren Mann, denn die Kinder mußten sehr früh aufstehen, um zur Schule zu gehen. Die Familie de Marco schickte ihre Kinder nicht in die Schule. Die Eltern konnten selbst auch nicht lesen und schreiben. Maria hatte es einmal versucht, doch da ihr niemand bei den Schulaufgaben helfen konnte, gab sie es bald wieder auf. Statt dessen mußte sie immer auf dem Feld mitarbeiten.

Schon nach einem Jahr gab es die erste Unstimmigkeit zwischen den beiden Nachbarn. Die Familie Lutasch war es leid, den de Marcos dauernd irgendwelche Dinge ausleihen zu müssen, zumal die Geräte oft kaputt oder gar nicht zurückkamen. Hinzu kam, daß die De-Marco-Ziegen und -Schweine immer wieder auf das Gelände der ehemaligen Missionsstation liefen und dabei nicht geringen Schaden anrichteten. Sie fraßen die Mais- und Sojastauden ab, bevor sie Früchte tragen konnten. Vater Lutasch blieb schließlich nichts anderes übrig, als einen Zaun gegen die Eindringlinge zu ziehen. Alles Reden hatte nichts gefruchtet, denn Herr de Marco tat dann immer so, als ließe sich das nicht ändern. »Treiben Sie Ihre Tiere doch in einen Pferch, dann laufen sie nicht immer zu mir herüber«, sagte Herr Lutasch ärgerlich. »Ich habe jedenfalls keine Lust, für Ihre Viecher zu arbeiten.« De Marco revanchierte sich, indem er die deut-

schen Einwanderer als »Kartoffeldeutsche« beschimpfte. Dieses in jener Gegend gebräuchliche Schimpfwort rührte daher, daß die deutschstämmigen Familien wesentlich lieber und mehr Kartoffeln aßen als die anderen Brasilianer.

Eines Abends kam Doris zu ihrer Mutter und fragte: »Sag einmal, Mutti, warum sind die Menschen nur so böse? Als ich auf dem Heimweg von der Schule war, haben mich Antonio und Lucas mit Steinen beworfen. Sie wollten mir meinen Korb wegnehmen, in dem ich die Sachen hatte, die ich einkaufen sollte.« Die Mutter strich der Zwölfjährigen über den blonden Kopf, an dem zwei wohlgeflochtene Zöpfe herunterhingen. »Weißt du«, sagte sie dann, »das Böse steckt im Menschen. Als Gott die Menschen schuf, sagte er: ›Es ist alles gut.‹ Und es war auch gut. Doch dann haben sich die Menschen vom Teufel herumkriegen lassen. Du kennst doch die Geschichte, die ganz vorn in der Bibel steht. Und so kam die Sünde in diese Welt. Seitdem bekämpfen sich die Menschen. Schon bei den ersten beiden Kindern, bei Kain und Abel, gab es Neid und Mißgunst. Schließlich erschlug Kain sogar seinen Bruder Abel. Seitdem gibt es überall Kriege, Leid und Verfolgung.«

Doris verstand. Oft hatte sie beobachtet, wie sich Otto mit Adolf stritt, und zwischen ihr selbst und Brigitte gab es auch Reibereien. Sogar jetzt noch, wo sie doch eigentlich beide zu vernünftig dazu sein sollten.

Vater Lutasch hatte den de Marcos vor Jahren einmal 50 Cruzeiros ausgeliehen. Bei der nächsten Begegnung sprach er Herrn de Marco darauf an: »Wenn ich das Geld nicht in einem Monat zurückhabe, verklage ich Sie.« Der Monat war noch nicht um, da geschah etwas Schreckliches. Vater de Marco wollte neues Land bearbeiten und verlor die Kontrolle über das Feuer beim Brennen der Roca (geschlagener Wald), und so verbrannte der von

Lutasch neu angebrachte Grenzzaun und, was viel schlimmer war, nahezu ein halber Hektar Mais.

Herr Lutasch kochte vor Wut. Jetzt verlangte er nicht nur die 50 Cruzeiros, obendrein forderte er nun auch noch Ersatz für den Zaun und den verbrannten Mais. Doch die de Marcos machten keinerlei Anstalten, den Schaden zu bezahlen. Und Vater Lutasch wußte, daß er sich eine Gerichtsverhandlung finanziell nicht leisten konnte. Fortan begegneten sich die beiden Männer nur noch mit dem Gewehr in der Hand. Und dann dachte sich Herr de Marco einen teuflischen Plan aus.

Er kannte einige Freunde, die sehr gut schießen konnten. Da er befürchtete, Herr Lutasch könnte ihn vor Gericht bringen, wollte er ihm zuvorkommen und die Angelegenheit auf seine Art »regeln«. Eines Morgens, als Vater Lutasch die Kinder zur Schule gebracht hatte, wurde er auf dem Rückweg aus dem Hinterhalt erschossen. Die Mutter hatte zwar Schüsse gehört, doch hatte sie ihnen keine große Bedeutung beigemessen. Eine halbe Stunde später erst, als Gerhard zur Hauptstraße ging, sah er seinen verbluteten Vater dort tot liegen. Von den Mördern fehlte natürlich jede Spur. Gerhard vermutete sofort, daß dieser Mord auf das Konto Herrn de Marcos ging. Doch ihm fehlten Beweise. De Marco war an diesem Morgen auf dem Markt gewesen und hatte dort eingekauft. Er hatte also eine Menge Zeugen, die ihm ein hieb- und stichfestes Alibi verschaffen konnten. Wer die Mörder waren und ob sie mit ihm in Verbindung zu bringen waren, konnte niemand nachweisen.

Die Beerdigung kam. Mutter Lutasch stand mit ihren sechs Kindern am offenen Sarg und weinte. Nur einer weinte nicht. Als er zum letzten Mal an das offene Grab trat, schwor er Rache. Gerhard wollte den Tod seines Vaters rächen.

Gerhards Blutrache

Josué hatte eine Arbeitsstelle im nahegelegenen Sägewerk gefunden. Er verdiente nicht schlecht. Vater de Marco war froh, daß sein Ältester Geld mit nach Hause brachte, denn die Ernte im vergangenen Jahr war ausgesprochen miserabel gewesen. Hätte er doch nur mehr Sojabohnen angebaut! Der Preis für Sojabohnen war um das Doppelte gestiegen, weil es in Nordamerika eine Mißernte gegeben hatte. Doch bei den de Marcos klappte aber auch gar nichts im letzten Jahr. Und ehrlich gesagt: Herr de Marco hatte auch die Lust verloren. Die Sache mit dem Mord an Lutasch schien zwar noch einmal glimpflich vorübergegangen zu sein, doch er fühlte sich in seiner Haut nicht mehr wohl. Die Polizei hatte ihn verhört, aber nachweisen konnten sie ihm nichts. Er war ja zur Tatzeit auf dem Markt gewesen, und dafür hatte er genügend Zeugen. Und trotzdem war Herrn de Marco ausgesprochen unbehaglich zumute. Obwohl natürlich strengstens verboten, herrschte in dieser Gegend noch immer das Gesetz der Blutrache.

Auch Josué ging der Tod Herrn Lutaschs ständig im Kopf herum, während er Baumstämme auf- und ablud oder im Sägewerk Bretter verlegte. Würde Gerhard den Tod seines Vaters rächen? Immer, wenn die beiden sich begegneten, befiel Josué ein Gefühl der Angst. Es war nicht mehr so wie früher, als man sich gegenseitig half. Jeder Kontakt zwischen den Familien war abgebrochen. Trafen die Kleinen aufeinander, so beschimpften sie sich nur. Adolf und Otto nannten Lucas, Carolina und Petra »Spießbratenfresser«; diese revanchierten sich dafür, indem sie die Deutschbrasilianer als »Grünfutterfresser« bezeichneten, weil sie soviel Salat aßen und aufs Brot Sirup und Marmelade schmierten, was die Caboclos gar nicht kannten.

Vater de Marco verließ das Haus nur selten bei Dunkelheit, und wenn, dann nur in Begleitung von Josué und einigen anderen bewaffneten Männern.

Eines Abends klopfte es. Zum Glück hatte das Holzhaus viele Ritzen, und so schauten Mutter de Marco und Maria erst einmal nach draußen, um zu erkunden, wer es sei. Es war Pedrinho, der Indianer. »Sei vorsichtig, Vater«, mahnte Maria, »der Häuptling Pedrinho ist draußen.« – »Ich habe keine Angst vor Indianern«, erwiderte der Hausherr. »Aber dieser Pedrinho war dauernd auf dem Missionsgrundstück.«

Vater de Marco öffnete die Tür. Man kann nicht sagen, daß Pedrinho eintrat, vielmehr taumelte er durch die Türöffnung. Er stank nach Schnaps und lallte vor sich hin: »Gibst du mir ein paar Cruzeiros?« – »Nein«, antwortete Vater de Marco. »Wir haben erst wieder Saatgut kaufen müssen, und dabei ist alles draufgegangen.« »Dann gib mir wenigstens was zu trinken, ich habe Durst.« Mutter de Marco kam mit der Cuya und wollte Pedrinho gerade den Tee eingießen, aber der wehrte unwillig ab. »Nicht doch so was. Zuckerrohrschnaps will ich haben!« – »Was ist mit dir los, Pedrinho?« fragte nun Maria. »Indianer dürfen doch nicht trinken.« – »Weiß ich ja alles«, lallte Pedrinho, »aber ich komme von dem Zeug einfach nicht los. Ich bin gar kein richtiger Indianer mehr. Mein Stamm hat mich verstoßen und mir die Häuptlingsrechte aberkannt.« – »Weil du soviel getrunken hast?« wollte Mutter de Marco wissen. Pedrinho nickte, dann fügte er hinzu: »Wir Indianer sind eben schlecht. Wir können nichts und sind nichts.« Während er das noch sagte, hatte er sich auch schon auf den Tisch gelegt, wo er im nächsten Moment einschlief.

»Was machen wir jetzt mit ihm?« fragte Josué. »Sollen wir ihn nach Hause bringen?« – »Lieber nicht«, riet Maria. »Sonst müßt ihr am Lutasch-Gelände vorbei, und

wer weiß, was da alles passieren kann.« So ließen sie Pedrinho in der Küche, bis er am nächsten Morgen wieder soweit hergestellt war, daß er nach Hause gehen konnte.

Es machte jetzt keine Freude mehr, am Rio das Cobras (dem Schlangenfluß) zu leben. Keiner traute mehr dem anderen. Wenn die Schweine, Ziegen oder Kühe auf das Grundstück des anderen liefen, wagte niemand, sie zurückzuholen.

Gerhard arbeitete weiter an seinem Plan. Er hatte sich eine Pistole gekauft. Von Zeit zu Zeit fuhr er mit dem Fahrrad weit hinaus, wo ihn niemand sehen und hören konnte, um dort Schießübungen zu veranstalten. Mittlerweile war er ein vortrefflicher Schütze geworden; vor allem, wenn er aus der Hüfte schoß, traf er recht gut. Als Josué davon hörte, bekam er noch mehr Angst.

Schließlich hielten es die de Marcos nicht mehr länger aus. Sie entschlossen sich, ihr Grundstück zu verkaufen und fortzuziehen. Aber es war nicht so einfach, für das Gelände einen Käufer zu finden. Gerhard erfuhr, daß der De-Marco-Hof zum Verkauf stand, doch erzählte er seiner Mutter nichts davon, auch seinen Geschwistern nicht. Was die de Marcos vorhatten, war ihm völlig egal. Ihm ging es nur um eines: Rache. Er mußte jetzt schnell handeln, solange die de Marcos noch da waren. Er hatte herausgefunden, daß Vater de Marco und Josué oft in eine Gastwirtschaft gingen, um ein Bier zu trinken. Gerhard kannte diese Wirtschaft gut. Auch er bestellte dort zuweilen ein Bier. Wenn er dann den de Marcos begegnete, tat er jedesmal so, als hätte er ein Interesse daran, daß sich die nachbarlichen Beziehungen wieder verbesserten. Jetzt aber, es war bereits dunkel geworden, nahm er seine Pistole mit.

Als es dann soweit war, ging alles ganz schnell. Vater de Marco setzte gerade das Glas an den Mund, als Gerhard plötzlich das Schießeisen aus der Tasche zog und zweimal auf den Nachbarn feuerte. Dann sprang er mit einem Satz von seinem Barhocker und entkam durch die Tür ins Dunkle. Die schockierten Gäste setzten zu seiner Verfolgung erst an, als er schon längst in der Nacht verschwunden war.

In der Gastwirtschaft hielt Josué den sterbenden Vater im Arm. Herr de Marco war am Kopf getroffen und besinnungslos. Es dauerte lange, bis endlich ein Auto kam, das den Verletzten ins Krankenhaus brachte. Doch sie schafften es nicht mehr rechtzeitig. Noch auf der Fahrt ins Hospital starb er. Nun hatte auch die Familie de Marco keinen Vater mehr. Von Gerhard Lutasch fehlte jede Spur.

Flucht in den Süden

Mutter Lutasch wurde kreidebleich, als sie hörte, was ihr Ältester getan hatte. Sie hatte von seinen Plänen nichts gewußt. Zwar hatte sie bei ihm des öfteren die Pistole gesehen, aber wenn sie Gerhard darauf ansprach, antwortete er nur: »Vater haben sie umgebracht. Nun muß ich euch schützen.« Nie hatte er irgendwelche Andeutungen gemacht, daß er Vaters Tod rächen wollte. Mutter Lutasch hatte ihren Kindern oft über Jesus erzählt, obwohl sie selbst nicht viel aus der Bibel wußte, denn sie war nur wenige Jahre zur Schule gegangen. Ihre Eltern hatten in Rio Grande do Sul in der südlichsten Provinz Brasiliens eine kleine Landwirtschaft, die weitab von jeglicher Schule lag. Zweimal im Jahr fuhr der Vater nach Neu-Hamburg, um seine Produkte auf dem Markt zu verkaufen, denn die Händler, die zuweilen seine Farm besuchten, zahlten schlecht. Für die Kinder war es natürlich ein großes Ereignis, wenn sie mit in die Stadt durften. Sie blieben dort immer etwa eine Woche. Höhepunkt dieser Reisen war jedesmal, daß sie sich neue Kleider kaufen durften. Außerdem besuchten sie ihre Verwandten, und am Sonntag gingen sie in den Gottesdienst. Was Frau Lutasch von Jesus wußte, waren Erinnerungen an die biblischen Geschichten, die ihre Mutter ihr abends vorm Einschlafen erzählt hatte. Erst als Sechzehnjährige konnte sie dann ihr Elternhaus verlassen und in São Leopoldo bei einem Tuchhändler im Haushalt arbeiten. Und hier besuchte sie auch eine deutsche Schule und erwarb sich die nötigen Kenntnisse im Lesen und Schreiben, und zwar stets am Abend, wenn sie ihre Arbeit bei dem Tuchhändler getan hatte.

Was sollte sie jetzt machen? Sie mußte nun ständig damit rechnen, daß Josué, der älteste Sohn der Nachbarfamilie, den Tod seines Vaters rächen würde. Gerhard war spur-

los verschwunden. Erst am folgenden Tag bemerkte sie, daß er seine wichtigsten Kleidungsstücke, sein Buschmesser sowie sein Lieblingsbuch, Robinson Crusoe, mitgenommen hatte. Er mußte vorher schon alles eingepackt haben, denn nach dem Mord war er nicht noch einmal nach Hause zurückgekommen. Jedenfalls hatte sie ihn nicht gehört. Als sie sein Bett machte, kamen ihr die Tränen. Warum nur? Warum hatte er das getan? Erst jetzt erinnerte sie sich wieder daran, daß er damals, als sie mit ihm über Vaters Tod sprach, nicht recht zuhören wollte. Er war sogar empört, als sie ihm sagte, daß Jesus am Kreuz noch für seine Mörder gebetet habe. »Das kann ich nicht verstehen«, hatte er unwillig geantwortet. »Wer stark und klug ist, der läßt so etwas nicht mit sich machen. Warum hat er seinen Jüngern nicht befohlen, ihn zu schützen und zu verteidigen? Warum hat er zu Petrus gesagt, er solle sein Schwert wegstecken? Ich jedenfalls hätte mich gewehrt.« – »Wenn Jesus sich verteidigt hätte«, so hatte sie damals erwidert, »dann hätte er sich in Gegensatz zu allem gestellt, was er zuvor gelehrt hatte. Einmal sagte er zu seinen Jüngern: ›In den Schriften, das heißt im Alten Testament, steht geschrieben: Auge um Auge, Zahn um Zahn. Ich aber sage euch, daß ihr eure Feinde lieben sollt.‹« Gerhard wollte das nicht einleuchten: »Wenn er das gesagt hat, warum gibt es dann soviel Mord und Totschlag in der Welt? Warum hat man dann unseren Vater erschossen? Unser Nachbar hat ein Kreuz in seiner Hütte hängen und läuft dauernd zur Messe. Außerdem hat er seinen Kindern biblische Namen gegeben: Josef, Maria, Antonius, Lucas, Petrus. Warum hat er unseren Vater erschießen lassen, wenn er ein Christ ist?« Er hatte sich damals so in Rage geredet, daß er schließlich wütend aufgesprungen war und aus dem Haus eilte. Wie gut erinnerte sie sich jetzt an diesen Abend! Damals hatte sie, nachdem Gerhard davongestürmt war, zu Doris, Adolf und Otto gesagt: »Ja, wenn nur alle Christen auch wirklich Christen wären! Ein Kreuz in der Küche und

ROBINSON

Heiligenbilder sind noch lange keine Garantie dafür, daß Christus der Herr in der Familie ist.«

Sie nahm damals ihre beiden kleinen Jungen in die Arme, drückte sie und sagte: »Christus will nicht nur unsere Wände haben, er will unser Herz besitzen.« Dann beteten sie gemeinsam das Vaterunser. Und als sie an die Stelle kamen, wo es heißt: »... und vergib uns unsere Schuld, wie auch wir vergeben unseren Schuldnern ...« – da hörte sie, wie Brigitte laut zu weinen begann. Nachdem sie Adolf, Otto und Ursula ins Bett gebracht hatte, sprach sie noch einmal mit den beiden großen Mädchen. Brigitte hatte noch immer Tränen in den Augen: »Mutter, ich konnte das Vaterunser einfach nicht weiterbeten. Ich mußte dauernd an Vati denken. Ich kann einfach nicht vergeben. Immer, wenn ich diesen Verbrechern von nebenan begegne, würde ich am liebsten auf sie losgehen.« Damals hatte die Mutter sie bei der Hand genommen und gesagt: »Wir wissen ja gar nicht, ob Senhor de Marco wirklich unseren Vater auf dem Gewissen hat. Wir sollten ihn nicht voreilig verdächtigen. Überlassen wir die Sache doch Gott.«

Als sie das damals gesagt hatte, da hatte sie sich die »Lösung« bestimmt nicht so vorgestellt, wie sie nun von Gerhard gewählt worden war. Nie hätte sie damit gerechnet, daß Gerhard für seinen Vater Blutrache nehmen würde.

In den nächsten Tagen packte Mutter Lutasch mit Brigitte und Doris heimlich alles Wertvolle ein. Ursula, Adolf und Otto sollten nichts davon erfahren. Doña de Marco sollte glauben, die Verwalter des ehemaligen Missionsgrundstücks dächten nicht daran, fortzuziehen. Mit Hilfe von Freunden, bei denen sie sich erkundigt hatte, ob sie wüßten, wo sich Gerhard aufhielt, verließen sie eines Morgens in aller Frühe heimlich das Missionsgrundstück am Rio das Cobras und fuhren die lange Bundesstraße 277 in Richtung Osten. Über Guarapuava Ponto Crossa Curitiba zogen sie dann weiter nach dem Süden.

Sie kamen durch den Staat Santa Catarina nach Rio Grande do Sul, in den südlichsten Staat Brasiliens an der Grenze von Paraguay und Uruguay. In Curitiba ließen sie einige ihrer Haushaltsgegenstände zurück, denn das Geld reichte nur für den Omnibus, und hier konnte man nicht viel Gepäck mitnehmen. Während der gesamten Reise blieb jedoch die Angst, Josué könnte sie eines Tages doch noch aufspüren und den Tod seines Vaters rächen. Mutter Lutasch wußte sich schließlich keinen anderen Rat, als nach São Leopoldo zu fahren, dorthin, wo sie einmal als junges Mädchen beschäftigt gewesen war. Zwar hatte sie erfahren, daß ihre ehemaligen Herrschaften nicht mehr lebten, doch sie kannte deren Kinder. Eine Tochter sollte jetzt einen Kaufmann geheiratet haben und das Geschäft der Eltern weiterführen.

Die Provinz Rio Grande do Sul hat nicht ein solch heißes Klima wie Paraná oder gar die nördlichen Provinzen. Sie liegt auf demselben Breitengrad wie Neuseeland, und im Winter kann es dort sehr kalt werden. Hier wächst kein Kaffee, auch die Kronenkiefern sind hier nur sehr selten. Dafür wachsen in dieser Region aber andere Pflanzen und Früchte: Mais, Bohnen, Reis, Melonen, Mandarinen, Pflaumen, Äpfel, Birnen, Weintrauben, Xuxu, Kaki, Maulbeeren, Manga und vor allen Dingen Kartoffeln und Tabak.

Die Flüchtlinge aus dem Norden wurden herzlich willkommen geheißen. Mutter Lutasch hatte ihren Kindern verboten, zu erzählen, warum sie nach dem Süden gekommen waren. Niemand sollte erfahren, was Gerhard getan hatte. Sie wünschte sich nichts sehnlicher, als ihren Ältesten eines Tages wiederzusehen. Auch wenn die Menschen hier dann jedoch wüßten, was er getan hatte, würden sie ihn doch nicht bei der Polizei anzeigen.

Ganz in der Nähe des sogenannten Passes an der Furt des Glockenflusses, dort, wo am 25. Juli 1824 die ersten deutschen Einwanderer brasilianisches Land betreten hatten, fanden sie eine neue Unterkunft. Don Petro der Erste, der ehemalige portugiesische Prinz, der sich gegen sein Mutterland Portugal erhoben hatte und in São Paulo zum brasilianischen Kaiser ausgerufen wurde, hatte damals die Deutschen zur Kolonisierung des brasilianischen Südens eingeladen. Und hier, wo die Familie Lutasch nun wohnte, war zu jener Zeit, Anfang des 19. Jahrhunderts, das erste Einwandererhaus errichtet worden. Es war eine einfache Hütte, aus Holz gezimmert, mit einem festgestampften Erdfußboden. Aber das störte die Neuankömmlinge nicht. Hauptsache, man hatte wieder ein Dach über dem Kopf. Mutter Lutasch konnte nun auch die vielen Dinge anwenden, die sie damals von ihrer Mutter gelernt hatte; vor allem bewies sie großes Geschick, wenn es darum ging, ihren Kindern neue Sachen zu nähen. Sáo Leopoldo ist heute eine moderne Stadt. (Damals, als die ersten Einwanderer dorthin kamen, glich diese Gegend einem Urwald). Doris, Adolf und Otto besuchten wieder regelmäßig die Schule, und auch Ursula sollte sich bald als Abc-Schütze versuchen. Zwar würde sie keinen Lederranzen auf dem Rücken tragen wie ihre Altersgenossen in Deutschland, dafür aber eine von Mutter angefertigte Basttasche.

Brigitte fand Arbeit in einer Weberei und half mit, von ihrem verdienten Geld die notwendigen Haushaltsgeräte anzuschaffen. Adolf und Otto merkten schon bald, daß hier ein ganz anderer Schulunterricht erteilt wurde. Hier gab es Schulen, in denen portugiesisch und deutsch unterrichtet wurde. Vor allem auf den Geschichtsunterricht legte man hier großen Wert. Vieles, was sie schon von Vater und Mutter gehört hatten, erfuhren sie nun von ihrem Lehrer, jedoch sehr viel genauer und gründlicher. Vierzig Arm lang und zwanzig Arm breit war ein Waldgrundstück, das die Einwanderer damals von der brasilianischen Behörde zugeteilt bekamen. Hinzu kamen einige Stück Vieh sowie das Verpflegungsgeld für ein Jahr.

Die Deutschen, damals zum größten Teil Handwerker, mußten erst lernen, mit den neuen Bodenverhältnissen zurechtzukommen. Natürlich wollten sie als Zimmerleute, Schreiner, Stellmacher oder Drechsler nicht von ihren alten Gewohnheiten lassen, und so bauten sie sich Häuser, die genauso aussahen wie die Häuser in der Heimat Deutschland. Das Land war fruchtbar, die Ernte reichlich. Schon sechs Jahre nach der Einwanderung sollen einige deutsche Kolonisten bis zu 150 Rinder und 50 Pferde besessen haben. Meter für Meter mußten sie dem Urwald den Boden abgewinnen, und das war nicht einfach, denn das Holz ist hier oft steinhart, und das Unkraut wuchert schnell nach. Die anderen Brasilianer lachten zunächst über die Deutschen. Sie hielten sie für unkultiviert. Während sich die portugiesischen Brasilianer von ihren Kindern als Senhor und Senhora, also mit »Sie« anreden ließen, waren die deutschen Eltern für ihre Kinder »Vati und Mutti«. Vor allem aber konnten die portugiesischen Brasilianer nicht verstehen, warum die deutschen Frauen auf dem Feld und im Garten mitarbeiteten. Bei ihnen ließen sich die Frauen meist von Sklaven bedienen. Ihre Kinder wurden von Ammen genährt, ebenfalls Sklavinnen, die aus Afrika kamen und auf dem Markt regelrecht verkauft wurden. So manches Mal schüttelte eine Portugiesin den Kopf und fragte sich angesichts der deutschen Einwandererfrauen: »Ist denn die Frau die Sklavin ihrer Kinder?«

Der »Luso-Brasilianer«, so wurden die portugiesischen Einwanderer genannt, arbeitete nicht auf dem Feld. Dafür hatte er seine Sklaven. Er war lediglich damit beschäftigt, Vieh zu züchten und es dann möglichst günstig zu verkaufen. Ihre Ernährung bestand vor allem aus Süßkartoffeln, Charque, einem Dörrfleisch-Reis, und schwarzen Bohnen. Und dazu gab es stets einen Topf Chimarrão, bei uns als Matetee genannt. An Sonn- und Feiertagen wurde Spießbraten und Rotwein aufgetragen.

Die Deutschen hingegen tranken lieber Weißwein. Auch konnten sie sich nicht mit den Süßkartoffeln anfreunden, von denen sie behaupteten, sie schmeckten wie erfrorene Kartoffeln. Was die Deutschen aber vor allem von den anderen Brasilianern unterschied, war ihr Glaube. Die meisten deutschen Einwanderer, etwa sechzig Prozent, stammten aus evangelischen Gegenden, hatten also den »falschen« Glauben. Deshalb erlaubte man ihnen auch nicht, Kirchen zu bauen. Sie halfen sich in den Anfängen damit, daß sie ihre Gottesdienste in ihren Schulen abhielten. Schon bald aber kamen evangelische Pfarrer nach Brasilien, und die lutherische Kirche von Rio Grande do Sul entstand.

Sonntags ging die Familie Lutasch zur Methodistenkirche, denn Vater Lutasch gehörte ihr an. In Deutschland zählen die Methodisten zu den »Freikirchen«. Der Unterricht in der methodistischen Sonntagsschule machte den Kindern viel Freude. Hier hörten sie von Jesus und lernten fröhliche Lieder, die von Jesu Liebe, von seinen Taten berichteten.

Die Lutasch-Kinder mußten jedoch bei alledem immer wieder an ihren großen Bruder Gerhard denken. Wo mochte er nun wohl sein? Ob ihn die Polizei schon gefunden hatte, ob er nun im Gefängnis saß, irgendwo? Oft hatte die Mutter am Abend Tränen in den Augen. Das Schlimmste jedoch war, daß sie nie über ihren Ältesten reden durfte, zumindest nicht, wenn ein Besucher da war. Sie hätte Gerhard damit nur in Gefahr gebracht.

Dort, wo der Kaffee wächst

Auch Doña de Marco verließ das Gebiet am Rio das Cobras. Sie hatte Angst, es könnte eines Tages doch noch herauskommen, daß ihr Mann damals die Mörder des Nachbarn Lutasch gedungen hatte. Sie wußte, daß er es getan hatte, obwohl Senhor de Marco das weder ihr noch den Kindern gegenüber jemals zugegeben hatte. Doch Mutter de Marco war sehr abergläubisch. Schon als Kind hatte sie ihre Mutter regelmäßig zu den Versammlungen des Macumba-Kultes mitgenommen. Mindestens zehn Millionen Brasilianer gehören heute zu der Macumba- oder Umbanda-Religion, einem Gemisch aus afrikanischem Spiritismus und katholischem Glauben. Diese Religionsgemeinschaften entstanden zuerst bei den Negersklaven. Man hatte sie zwar gekauft und nach Brasilien verschleppt, aber in ihrem Herzen hielten sie doch immer noch an ihrem alten afrikanischen Geister- und Götterglauben fest. Überall in Brasilien sieht man Heiligenbilder und Christusfiguren, zu deren Füßen Kerzen abgebrannt werden. Und in den Nächten treffen sich die spiritistischen Gemeinden, um dort ihren Zauberkult zu treiben. Viele Brasilianer halten diesen Kreisen zugute, daß sie sich um die Armen kümmern. Das mag zwar stimmen, doch dabei wird völlig übersehen, daß sie dem Gebot Jesu zuwiderhandeln. Jesus hat jede Zauberei verboten. Doña de Marco war zwar nie bis zum Medium der Macumba-Sekte aufgestiegen, denn dazu muß man ein gewisses Alter erreicht haben und möglichst verheiratet sein. Doch sie hatte sich am Rio das Cobras des öfteren mit Macumba-Leuten getroffen, und ihr Mann Joa hatte sie zu diesen nächtlichen Zusammenkünften oft begleitet.

Ständig fühlte sich Doña Dolores von bösen Geistern verfolgt. Genauso erging es nun ihrer Tochter. Mutter de

Marco hielt es schließlich nicht mehr in der Einsamkeit des westlichen Paraná aus, packte ihre Sachen und verließ das Grundstück neben der ehemaligen Missionsstation. Josué fand an der nahegelegenen Tankstelle einen Fernfahrer, der Benzin nach Rondon fuhr. Er versprach, die Familie auf der Rückfahrt mitzunehmen, vorausgesetzt, der Wagen sei nicht zu sehr mit Sojasäcken beladen.

Die Tankwagen in Paraná sind oben nicht rund, wie die in Europa, sondern flach. Wenn sie ihre 1000 Kilometer von der Küste bis zur Westgrenze zurückgelegt haben, laden die Fahrer oftmals Säcke oder Baumstämme oben auf den leeren Tank, um sich so noch zusätzliches Geld zu verdienen. Der Mann hielt sein Wort. Nach zwei Tagen kam er von Rondon zurück. Zwar hatte er 300 Sack Soja geladen, doch es blieb für die Familie de Marco noch genügend Platz. Die Mutter, Antonia, Lucas, Carolina und Pedro fanden einen Platz im Führerhaus des Lastwagens, wenn auch Pedro auf Mutters Schoß sitzen mußte. Josué und die siebzehnjährige Maria fuhren mit dem Bus hinterher.

In Ponto Crossa trafen sie sich wieder. Mutter de Marco wollte mit ihren Kindern in ihre Heimat ziehen, denn dort lebte ihr Bruder. Also fuhren sie nördlich in Richtung Rolandia. Zwei Tage mußten sie warten, ehe sie wieder einen Lastwagenfahrer fanden, der bereit war, sie samt Gepäck mitzunehmen. Als sie jedoch endlich in Rolandia ankamen, erfuhren sie, daß Onkel Emilio nach Londrina gezogen sei. Die Mutter zeigte den Kindern das große Denkmal des Bremer Roland. Einwanderer aus Bremen hatten diese Figur nach dem Urbild in Bremen anfertigen lassen und die Stadt Rolandia genannt. Das brasilianische Denkmal ist zwar nicht so groß wie sein deutsches Vorbild, trotzdem aber sind die Bewohner von Rolandia sehr stolz auf ihren Stadtpatron.

Doña de Marco besuchte mit ihren Kindern die Häuser von alten Bekannten, doch die meisten Hütten waren verfallen. Nur einige wenige alte Bekannte traf sie weit außerhalb der Stadt. Sie lebten in Hütten aus Pinienholz, ohne Elektrizität und Kanalisation. Das Wohnen dort ist zwar billig, aber äußerst ungesund. Viele der dort herumtobenden Kinder haben aufgedunsene Bäuche, in denen sich die Würmer nur so tummeln. Verständlicherweise hatten die de Marcos wenig Lust, sich hier niederzulassen. Sie wollten zu Onkel Emilio. Und so fuhren sie weiter nach Londrina, in die »Welthauptstadt des Kaffees«. In der roten Vulkanerde gedeihen prächtige Kaffeesträucher, doch das Wohnen dort ist nicht gerade angenehm, vor allem im Hinblick auf die immerwährende Trockenheit. Der rote Erdstaub setzt sich überall fest; viele Menschen starben schon an Staublungen. Kommt dann endlich einmal der ersehnte Regen, so verwandelt sich die Straße in eine glitschige Rutschbahn, die das Gehen äußerst mühsam macht. Selbst Omnibusse können dann nicht mehr fahren. Es ist dann so wie bei schlimmstem Glatteis in Deutschland.

In dieser Stadt also fand Doña de Marco ihren Bruder Emilio. Er war sehr alt geworden und konnte kaum noch arbeiten. Josué fand auf der Kaffeeplantage, auf der Onkel Emilio arbeitete, eine Stelle als Arbeiter. Auch Maria konnte dort arbeiten. Onkel Emilio half seiner Schwester, so gut er konnte, wenn er auch selbst eine große Familie zu versorgen hatte. Acht Personen mußten nun in einem Raum schlafen. Das Essen wurde außerhalb der kleinen Hütte, zwischen Zuckerrohrstauden und Süßkartoffelpflanzen, an einer offenen Feuerstelle gekocht. Auch Doña de Marco fand bald Arbeit in einer Bäckerei, die einem Schweizer Bäckermeister gehörte. Sie kratzte dort Bleche ab, putzte, half beim Lasieren der Schnecken und Brezeln, und frühmorgens trug sie Weißbrot und Brötchen zu den Kunden.

Dieser Bäckermeister war ein Christ, der seinen Herrn von ganzem Herzen liebte. An jedem Morgen, bevor der Laden geöffnet und die Brötchen ausgetragen wurden, hielt er für seine Angestellten eine Andacht. Zum ersten Mal in ihrem Leben hörte Doña de Marco die Frohe Botschaft von Jesus Christus. Eines Morgens erzählte der Bäckermeister, wie er selbst zu Jesus fand:

»Früher, als ich noch keine Angestellten hatte, ging ich jeden Morgen, nachdem ich gebacken hatte, auf den Markt, um das Weißbrot und die Brötchen zu verkaufen. Dort traf ich dann jedesmal eine Diakonisse aus Deutschland, die dort einkaufte. Sie gab mir oft kleine Traktate, die den Titel ›Leben und Kraft‹ hatten. Zuerst nahm ich sie nur aus Höflichkeit, aber mit der Zeit begann ich darin zu lesen. Ich gehörte damals noch einer spiritistischen Sekte an und wünschte mir nichts sehnlicher, als daß Brasilien eines Tages ganz unter der Herrschaft des Spiritismus' stehen würde. Damals gab es auch schon wesentlich mehr spiritistische Zirkel als christliche Gemeinden. Aber beim Lesen der Traktate wurde ich immer unruhiger. Ich merkte, wie die Botschaft Jesu in meinem Herzen wirkte. Eines Tages kam es zu einem Gespräch mit der Diakonisse. Sie lud mich in eine Gemeinde ein, die sich ›Entschiedenes Christentum‹ nannte. An einem Abend sprach der Pastor mit mir. Ich werde dieses Gespräch nie vergessen, denn es hatte zur Folge, daß mein Leben von Grund auf verwandelt wurde. Ich habe dadurch zu Jesus gefunden. Das erste, was ich tat, war, meinen Angestellten schon am nächsten Tag mehr Lohn zu zahlen, denn Gottes Geist hatte mir gezeigt, daß ich ihnen bisher viel zuwenig gezahlt hatte. Bald darauf begann ich mit den Andachten. Ich konnte nicht predigen. Ich war ja nur ein einfacher Bäcker. Deshalb las ich nur aus den Blättern vor, die ich bekommen hatte. Anschließend betete ich.«

Nach dieser Morgenandacht kam eine Verkäuferin zu

Doña de Marco und sagte: »Ich gehörte auch einmal einer spiritistischen Sekte an. Aber durch die Morgenandachten unseres Chefs bin ich davon abgekommen. Heute gehöre ich auch zu dieser Missionsgemeinde.«

Doña de Marco verstand das alles nicht. Sie hielt sich für eine gute Christin, die nahezu jede Woche die Heiligenbilder mit frischen Blumen schmückte. Für sie gab es nur eine Kirche, die katholische Kirche, und zu der gehörte sie. Welcher Unterschied zu den Protestanten oder den Pfingstgemeinden bestand, davon wußte sie nichts. Außerdem waren in ihrem Macumba-Zirkel fast ausschließlich Katholiken. Noch nie hatte sie beim Besuch einer katholischen Messe etwas Nachteiliges über die Macumba-Kreise gehört. Allerdings ging sie auch nicht gerade oft in die Kirche. Und zu Hause bewahrte sie in einem kleinen Kästchen Dinge auf, von denen sie wußte, daß ein Christ sie nicht haben sollte. Es waren allerlei Wurzeln und Kräuter, die sie als Zaubermittel von den Macumba-Leuten erhalten hatte. Auch ihr Bruder Emilio war aktiv bei den spiritistischen Zirkeln. Er zählte sogar zu denen, die beim Macumba-Reigen mittanzen durften. Emilio besaß eine Heiligenfigur, deren Gesicht aber eher einem Teufel als einem Engel ähnelte.

Josué glaubte an all dies nicht. Oft lachte er über seine Mutter und über Maria, die zuweilen auch schon mitging.

Die Erntezeit stand bevor, es gab viel zu tun auf der Kaffeeplantage. Die Familie de Marco hatte auf ihrem kleinen Grundstück auch ein paar Kaffeesträucher. Das Geld, das sie einbrachten, reichte, um für die Kleinen neue Kleider zu kaufen. Das war nötig, denn sie sollten nun in die Schule gehen. Hier hatten sie es nicht so weit wie in Paraná, nur etwa eine halbe Stunde zu Fuß. Der Bäckermeister hatte Mutter de Marco das nötige Geld geschenkt, um die Kinder zur Schule schicken zu können. Und zuweilen durfte sie am Nachmittag Backwaren mit nach Hause nehmen, die von der Kundschaft nicht gekauft worden waren.

Der Winter, der in dieser Gegend unterhalb des Äquators in den Monaten Juli/August kommt, brachte einen seit Jahren nicht mehr gekannten Kälteeinbruch. Einige Nächte hat es so stark gefroren, daß alle Kaffeesträucher erfroren. Es würde mehrere Jahre dauern, bis neue Sträucher eine ausreichende Ernte bringen konnten. Für Josué bedeutete das, daß er arbeitslos sein würde. Und ob Maria eine Stelle im Haushalt des Plantagenbesitzers finden würde, war ungewiß. Am härtesten traf es die armen Siedler. Sie hatten ihre Kaffeefelder nicht versichern lassen, deshalb saßen sie nun ohne einen Pfennig Geld da. Sie brauchten die jährliche Kaffee-Ernte, um überleben zu können. Josué und Maria tuschelten jetzt oft heimlich miteinander, und Mutter de Marco wußte nicht, worüber sie sprachen. Sollte Josué den Plan geschmiedet haben, Gerhard Lutasch zu suchen? Wo sollte er mit seiner Suche beginnen? Und außerdem: Warum sollte er das ausgerechnet mit Maria besprechen? Die Wochen vergingen, und Josué war noch immer nicht arbeitslos.

Die Weihnachtszeit kam, und Mutter de Marco hatte in der Bäckerei viel zu tun. Auch Maria arbeitete nun bei dem Schweizer Bäckermeister. So richtig freuen konnten sich die Kinder auf dieses Weihnachtsfest nicht, denn es war das erste Mal, daß sie den Heiligen Abend ohne ihren Vater verlebten. Lucas und Carolina hatten in den letzten Monaten viel gelernt. Sie konnten mittlerweile schon recht gut lesen und schreiben. Pedro war noch immer zu Hause bei der Tante. Er sollte erst im nächsten Jahr eingeschult werden.

Gegen Ende Januar kam Josué nicht von der Stadt zurück. Als er spät am Abend immer noch nicht zurück war, begann Doña de Marco, sich Sorgen zu machen. Vielleicht war ihm etwas zugestoßen? In dieser Gegend gab

es immer wieder betrunkene Männer und arbeitslose Burschen, die an der Straße Vorüberfahrende überfielen. Und nicht selten schlugen sie ihre Opfer brutal zusammen. Josué fuhr immer mit seinem Fahrrad zur Stadt. Es war nicht gerade neu, aber es fuhr, und das war die Hauptsache. Vielleicht hatte jemand das Rad gestohlen? Onkel Emilio entschloß sich schließlich, den Jungen zu suchen. Gemeinsam mit seinem vierzehnjährigen Sohn Antonio nahm er die Suche auf, ausgerüstet nur mit einer kleinen Laterne. Vielleicht lag Josué irgendwo verletzt am Straßenrand.

Die Mutter zitterte vor Angst. Erst neulich war sie bei einer Kartenlegerin gewesen, und die hatte Andeutungen gemacht, daß die Zukunft nicht besonders rosig aussehen sollte. Nach einiger Zeit kehrten Onkel Emilio und Antonio unverrichteterdinge zurück. Von Josué fehlte jede Spur. Es war unmöglich, ihn in der Dunkelheit zu finden.

Carneval in Rio

Wenn am Rhein in Mainz, Koblenz, Köln oder an Isar, Weser und Spree die drei tollen Tage beginnen, gleicht Rio de Janeiro einem einzigen großen Tanzsaal. Die Stadt am Januarfluß, von ihren Bewohnern als schönste Stadt der Welt geliebt, wimmelt dann von Touristen. Aber es sind nicht der Zuckerhut oder die mächtige Christusfigur mit ausgebreiteten Armen hoch über Rio auf einem Berg, die die Touristenmassen anziehen. Die vielen Menschen kommen wegen der Straßentänze in der Nähe der Copacabana, einem der teuersten Hotelviertel der Welt. Hier marschiert keine Prinzengarde, es spielen keine Blaskapellen oder Spielmannszüge. Hier tänzeln Sambagruppen bunt angemalt durch die Straßen. Eigentlich bräuchten sich die Brasilianer gar nicht zu verkleiden. Viele von ihnen sind Neger, Indianer oder Mischlinge, neben den vielen Weißen natürlich. Allein das Bild der verschiedenen Hautfarben ist schon bunt genug. Es gibt wohl kaum eine andere Stadt in der Welt, in der Menschen verschiedener Rassen so friedlich beieinander wohnen wie in Rio. Und wenn der Carneval kommt, dann tanzen sie alle, nicht etwa paarweise wie bei uns, sondern solo auf der Straße. Ihre Glieder beginnen zu zucken, Leiber biegen sich, Hände fuchteln in der Luft, Beine wirbeln und Stöcke werden hochgeworfen. Der Frévo, ein im Nordosten Brasiliens beheimateter Tanz, elektrisiert Tänzer und Zuschauer. Konfettischlangen fallen auf die Menge, die Tänzer springen vorwärts, rückwärts, die Kostüme sind von Schweiß durchtränkt, die Menschen tanzen sich regelrecht in Ekstase. Vorweg tanzt die Musikkapelle. Etwa vierzig junge Männer aller Hautschattierungen spielen verschiedenartige Trommeln, Rasseln, schlagen auf Glocken, Töpfe und Konservendosen und begleiten auf diese Weise ihren »Kapellmeister«, der das einzige Soloinstrument in der gesamten Rhythmusgruppe spielt: eine Trillerpfeife. Man sollte es nicht für möglich halten, daß man einer einfachen Trillerpfeife so verschiedenartige Töne entlocken kann. Ihr schriller Ton und der Begleitrhythmus der Gruppe reichen, um Tausende von Menschen zum Tanzen zu bringen. Die Autos stehen an den Straßenrändern, es wäre unmöglich, mit ihnen durch dieses Gewühl zu kommen. Faszinierte Touristen merken gar nicht, wie ihnen von geübten Taschendieben sämtliche Wertgegenstände gestohlen werden.

Der Carneval ist vor allem ein Fest der Mischlinge und Neger Brasiliens. Außer in Rio de Janeiro tanzt man hauptsächlich noch in Recife und in Salvador. Dieses Fest stammt noch aus der Zeit der Feudalherren. Einmal im Jahr gestatteten die portugiesischen Plantagenbesitzer ihren afrikanischen Sklaven, eine ausgelassene Fiesta zu feiern.

Ein junger Mann tanzt, wenn auch ein wenig unbeholfen, mit offensichtlicher Freude. Es ist Josué. Seit einigen Wochen schon hält er sich in Rio auf. Er wohnt in einer der vielen Favelas, an einem Hang der Vielmillionenstadt. Er hatte einen jungen Mann kennengelernt, der noch bei seinen Eltern wohnte. Dort fand auch Josué einstweilen eine Unterkunft. Eigentlich war diese Hütte nicht viel schlechter als das Haus am Schlangenfluß. Aber dort hatte man Land um sich herum gehabt, Büsche und sogar Blumen. Hier hingegen wohnte man dicht aneinander gedrängt. Wollte man Wasser haben, so mußte man es weit unten aus einem Brunnen in einem alten Benzinkanister holen. Außerdem lag über dem Hang ein penetranter Gestank, denn alle hier warfen in Ermangelung sanitärer Anlagen ihren Abfall einfach aus dem Fenster. Man schüttete einfach allen Unrat vor das Haus. Vor der Hütte, in der Josué nun lebte, floß eine stinkende Kloake vorbei. Es machte wahrhaftig keine Freude, dort zu leben, aber es war billig. Nur zwanzig Cruzeiros brauchte er im Monat für die Unterkunft zu bezahlen.

Nach Arbeit hatte er bisher vergeblich gesucht. Man suchte zwar Arbeitskräfte, doch ausnahmslos solche, die gut lesen und schreiben konnten, die schon einen anderen Beruf erlernt hatten. Josué jedoch hatte keinen Beruf. Er hatte immer nur in Vaters Landwirtschaft geholfen. Was er dadurch gelernt hatte, half ihm hier nicht weiter.

Ab und zu konnte er sich durch Gelegenheitsarbeiten ein wenig Geld verdienen, hin und wieder hatte er auch Glück beim Spiel mit Karten oder Kugeln. Aber das war auch schon alles. Oft ging er hungrig ins Bett. Das Leben in Rio, von dem er sich soviel erhofft hatte, zeigte ihm nun seine ganze unbarmherzige Wirklichkeit. Was sollte er tun? Wieder zurückkehren? Oder sollte er nach Sáo Paulo gehen? Angeblich gab es dort mehr Arbeit als hier in Rio. Die Familie, bei der er wohnte, wollte ihn gern behalten, denn sie konnte seine monatlichen zwanzig Cruzeiros gut gebrauchen. Es waren sehr arme Leute. Den Mann hatte der Alkohol krank und schwach gemacht. Einst hatten sie auch als Siedler mit einem eigenen Stück Land angefangen, doch sie hatten es verkauft und waren in die Stadt gezogen, weil sie meinten, dort würde man mehr Geld verdienen. Doch sie fanden keine Arbeit, denn auch sie konnten weder lesen noch schreiben. Bald war das Ersparte aufgebraucht. Meistens gab es nur Bohnen und Chimarrão, ganz selten nur ein Stückchen Fleisch.

In den Carnevalstagen aber vergaßen sie ihre ganze Not. Sorgen und Enttäuschungen, immer neue Niederlagen, die das vergangene Jahr gebracht hatte, waren jetzt wie weggefegt. Wochen vorher schon hatten sie begonnen, das Geld, das sie eigentlich für ihr Essen brauchten, zu sparen, um an den närrischen Tagen dabeisein zu können.

Vor der Carnevalsgruppe schwenkte ein Neger in Frack und Zylinder die Fahne eines Carnevalsvereins. Eine neue Gruppe mit Flöten, Tamburinbecken, Schellen und Klarinetten bewegte sich wie eine Dampfwalze durch die Straßen. Hier und da sank ein Mensch erschöpft zu Boden, völlig ermattet durch das stundenlange Tanzen und den Hunger. Ein Becher Chimarrão brachte ihn wieder auf die Beine. Er tanzte weiter. Raketen und Feuerwerkskörper knallten über der Stadt. Frauen schrien in ihrer Ekstase und zuckten vorwärts.

Josué konnte nicht mehr. Er setzte sich auf einen Stein, der in einer Parkanlage lag, zitterte und begann schließlich zu weinen. Er war am Ende seiner Kräfte, denn schon lange hatte er nicht mehr richtig gegessen. Plötzlich schoß ihm ein Gedanke durch den Kopf: Was, wenn er nun Gerhard Lutasch hier treffen würde? Vielleicht tanzte er irgendwo in diesem Zug mit. Aber sofort ließ Josué diesen abwegigen Gedanken wieder fallen. Er schleppte sich den Moro hinauf, jenen Felsen Rios, an dem die Elendshütten kleben. Ein wenig unterhalb lag ein Friedhof mit eindrucksvollen Grabstätten. Einige von ihnen waren richtige kleine Häuser aus Marmor. Oft schon hatte er dort gestanden und das Bild des heiligen Franziskus betrachtet. Dann hatte er im stillen bei sich gedacht: »Sogar die Gräber der Toten sind größer und schöner als die Hütten der Lebenden.« Aber er hatte mittlerweile auch mitbekommen, warum hier so viele Menschen derart arm waren. Schuld daran war meistens der Alkohol. All die vielen Menschen, mit denen er nun zusammenlebte, waren auch einmal Kolonisten mit eigenem Grund und Boden gewesen. Sie waren zur Schule gegangen, doch sie hatten es schließlich vorgezogen, in der Stadt zu wohnen. Und als sie dann keine Arbeit fanden, flüchteten sie sich in den Alkohol. Josué war fest entschlossen, Rio zu verlassen und nach São Paulo zu gehen. Dort gab es, so hatte er gehört, Fabriken, in denen man auch ohne Schulbildung Arbeit finden konnte. Auch wurde die Fließbandarbeit in diesen Fabriken ziemlich gut bezahlt.

Immer wieder hörte er die Sirenen der Krankenwagen, denn während der Carnevalstage gibt es ungezählte Verletzte. Müde und erschöpft legte er sich in sein Bett, oder besser gesagt auf seine Schlafstelle, denn ein richtiges Bett war das nicht. So müde wie heute war er schon lange nicht mehr gewesen. Nur gut, daß er am nächsten Morgen nicht so früh raus mußte. Er schlief, bis der Hunger ihn weckte. Gegen Mittag zog er sich an und ging hinunter in die Stadt. Hin und wieder grüßte er Bekannte. Nicht selten traf er Männer und auch Frauen an, die bereits um diese Tageszeit Zuckerrohrschnaps tranken, um ihr Elend zu vergessen.

Eine Negerin namens Carolina Maria de Jesus, die lange Jahre in solch einem Elendsquartier lebte, schrieb in ihr Tagebuch der Armut: »Heute haben wir wieder nichts zu essen. Ich wollte den Kindern schon vorschlagen, gemeinsam Selbstmord zu begehen. Doch dann ließ ich den Gedanken wieder fallen. Die Kleinen taten mir leid, als ich sie mir betrachtete. Sie sind so voller Leben! Aber wer lebt, muß auch essen. Ob Gott uns wohl vergessen hat? Ob er mir böse ist?«

»So also sieht das Leben der Städter aus«, dachte Josué. Immer wieder begegneten ihm Kinder, die in großen Behältern Wasser die Treppen emporschleppten. Einige verdienten sich damit ein bißchen Geld. In den Tagen des Carnevals sah die Welt plötzlich rosig aus. Doch nun war Aschermittwoch. Alles wirkte jetzt wieder traurig, mehr denn je kam den Menschen ihr elendes Dasein zum Bewußtsein.

Josué ging wieder am Friedhof vorbei in Richtung Strand. Vielleicht hatte man dort eine Gelegenheitsarbeit für ihn. Er mußte einfach etwas Geld verdienen, denn der Hunger wurde immer unerträglicher. Plötzlich hörte er Musik. Der Carneval war doch vorüber! Er ging in die Richtung, aus der die Klänge kamen. Auf einem

Platz erblickte er eine Kapelle. Josué sah Männer und Frauen, allesamt in Uniformen. Sie spielten nicht nur auf Blasinstrumenten und Trommeln, sondern auch auf Gitarren, und einer von ihnen spielte sogar Ziehharmonika. Zur Armee gehörten diese Menschen nicht. Solche Uniformen hatte Josué noch nie zuvor gesehen. Dann legten die Männer und Frauen ihre Instrumente beiseite und sangen ein Lied: »Welch ein Freund ist unser Jesus!/Oh, wie hoch ist er erhöht!/Er hat uns mit Gott versöhnet/und vertritt uns im Gebet.«

Was waren das nur für komische Soldaten? Einige der Uniformen zierten Sterne, es gab also offensichtlich auch Offiziere unter diesen Leuten. In diesem Moment flatterte die Fahne, die einer der Männer trug, im Wind, und Josué konnte ihre Aufschrift lesen: »Heilsarmee«. Als er sich näherte, sah er sogar Kinder, die ebenfalls Uniformen trugen. Ein kleiner, etwa elfjähriger Junge schlug die Trommel. Einige der Frauen, die nicht Gitarre spielten, wedelten mit dem Tamburin. Alle sahen ordentlich gekleidet aus und hatten freundliche, ja fröhliche Gesichter. Als das Lied zu Ende war, trat ein großer schwarzer Mann, offenbar ein Offizier, vor und begrüßte die Menge. »Wir sind«, so begann er, »heute eine größere Schar. Wir sind Heilsarmeesoldaten aus verschiedenen Gegenden Brasiliens. Wir sind zu Ihnen gekommen, um Ihnen in diesen Tagen die Frohe Botschaft von Jesus Christus zu bringen. Ich komme beispielsweise aus Curitiba. Andere stammen aus São Paulo, Santos oder Joinville.« Der Mann strahlte übers ganze Gesicht, als er auf den kleinen Jungen zeigte und voller Stolz sagte: »Das hier ist mein Sohn, der vorhin den Rhythmus geschlagen hat bei unserem Lieblingslied.« Anschließend wiederholte der Mann alles in deutscher Sprache, die Josué natürlich nicht verstand, obwohl er von seinen früheren Nachbarn Lutasch einige Wörter gelernt hatte. Er berichtete, er sei ein Deutscher und heiße Wagner. Er sei nur zu lange in der Sonne gewesen, deshalb sei er nun so braungebrannt. Bei diesen Worten mußte er selbst schmunzeln, denn jedermann sah, daß er schwarz war wie ein Afrikaner aus dem Kongo.

Dann fuhr er fort: »Ich bin meinem Herrn so dankbar, daß ich als Kind von Einwanderern adoptiert wurde, vor allem aber, daß meine Adoptiveltern überzeugte Christen waren, die den Herrn Jesus liebhatten. So habe ich von Kindheit an die Frohe Botschaft von Jesus Christus gehört. Zwar gab es eine Zeit, da machte ich meinen Eltern viel Kummer. Ich glaubte nicht mehr an das, was sie mich gelehrt hatten. Doch dann sah ich eines Tages eine Versammlung der Heilsarmee, so wie Sie heute. Und dort erfuhr ich, daß es nicht nur darauf ankommt, daß man lebt; viel wichtiger ist, daß man diesem Leben einen Inhalt gibt.« Der Mann zog nun zwei Eier aus seiner Tasche und hielt sie hoch. Wer bisher noch lächelnd den Kopf über diesen »Soldaten« geschüttelt hatte, wurde nun ernst und blickte ihn interessiert an. »Was ist der Unterschied zwischen diesen beiden Eiern?« fragte er mit lauter Stimme. »Sehen Sie irgendeinen Unterschied?« Ein leichtes Murmeln ging durch die Menge. »Ich werde Ihnen den Unterschied gleich zeigen«, versprach er dann. Sein Sohn brachte eine Waage. Der Vater legte die beiden Eier auf die Waagschalen. Die eine schnellte in die Höhe, die andere ging ebenso schnell herunter. Nun nahm er die Eier wieder in die Hand. »Jetzt wissen Sie, worin sich diese beiden Eier unterscheiden«, sagte er dann. »Das eine Ei ist ausgeblasen. Das andere Ei hingegen – wenn ich das unter eine Henne legen würde, käme wahrscheinlich nach einiger Zeit ein Küken heraus. Sehen Sie, als ich gestern die vielen Menschen tanzen sah, verkleidet und mit Pappnasen, da dachte ich zurück an die Zeit, in der ich ohne Jesus lebte. Mein Leben war so leer wie dieses Ei. Nur ein kleiner Anstoß hätte genügt, und es wäre zerbrochen.« Und dabei zerquetschte er das ausgeblasene Ei, so daß die Schalen auf den Platz fielen. »Viele von Ihnen haben sicher gestern mitgetanzt, mit strahlendem Gesicht und vom Alkohol beschwingt. Und doch ist Ihr Leben leer. Wie leer, das merken Sie heute, nachdem der Carneval wieder vorbei ist. Nicht nur Ihr Geldbeutel ist leer. Sie selbst sind leer, ohne Freude. Denn Freude, wahre Freude kann man nicht kaufen. Sie gibt es nur bei Jesus Christus.«

Nachdenklich hörte Josué zu. Verlegen schabte er mit dem Fuß im Sand. Der Mann da vorn, über den auch er anfangs gelächelt hatte, dieser Mann hatte recht. Genau das war seine Situation: leer und freudlos. Eigentlich wollte er schon fortgehen, doch irgend etwas hielt ihn zurück. Plötzlich wurde er aus seinen Gedanken gerissen, als der Prediger mit dem Finger auf die große Christusfigur wies, die hoch oben auf dem Berg ihre Arme ausbreitete, eine Figur, die so groß ist, daß man in ihrem Kopf herumgehen kann. »Was«, so fragte er nun, »bedeuten diese ausgebreiteten Arme Jesu?« Und weiter: »Ich kann mich noch gut erinnern, was sie für mich als Kind bedeuteten, wenn ich etwas Böses getan hatte und meine gerechte Strafe erwartete. Wenn Vater, statt mich mit dem Stock zu schlagen, mit ausgebreiteten Armen vor mir stand, dann wußte ich, daß er mir vergeben hatte. Ich lief, so schnell ich konnte, zu ihm und weinte mich bei ihm aus. Und er drückte mich fest an sein Herz. Jesus ist für uns mit ausgebreiteten Armen am Kreuz gestorben. Gott ruft einem jeden von uns zu, daß wir zu ihm kommen können, ganz gleich, ob wir ehrbare Bürger oder Kriminelle sind. Jesus liebt jeden. Ich bin schwarz. Hier sehen wir in unserem Chor Leute, die sind braun, andere sind weiß, einige groß, andere wiederum klein. Jesus macht keine Unterschiede. Er kann dein kaputtes Leben wieder in Ordnung bringen, nur er kann es füllen mit einem echten Lebensinhalt, mit wahrer Freude. Wir möchten Ihnen deshalb jetzt ein Lied singen, das es in vielen

Sprachen gibt: ›Komm zu dem Heiland, komm noch heut!/Folg seinem Wort, jetzt ist's noch Zeit!/Er ist uns nah, zum Segnen bereit/und ruft so freundlich: Komm!/Herrlich, herrlich wird es einmal sein,/wenn wir ziehn, von Sünde frei und rein,/in das gelobte Kanaan ein!/Jesus, sieh her, ich komm!‹«

Das Blasorchester begleitete das Lied, und die Frauen, die ihre Gitarren beiseite gelegt hatten, sangen dazu, so laut sie konnten. Anschließend trat ein anderer Mann in den Kreis. Er nahm seine Mütze ab und sagte: »Wir wollen beten.« Alle Mitglieder der Gruppe nahmen ebenfalls ihre Kopfbedeckungen ab, und auch mancher der Zuhörer folgte ihrem Beispiel. Und dann beteten sie laut das Vaterunser. Josué hatte dieses Gebet zwar schon mehrmals gehört, aber er konnte es nicht auswendig. Auch schämte er sich, mitzubeten. Aber er blieb stehen, bis die Veranstaltung zu Ende war. Die Heilsarmeegruppe zog mit Musik davon, und Josué setzte seinen Weg zum Strand fort. Er dachte über vieles nach. Über Mutter und die Geschwister. Wie mochte es ihnen jetzt wohl gehen? Josué dachte auch über das nach, was der Mann vorhin gesagt hatte. Und dann kam ihm ein Gedanke, den er zunächst komisch, ja geradezu lästig fand. Vielleicht sollte er in die Armee gehen. Natürlich nicht in diese Heilsarmee. Dazu eignete er sich nicht. Nein, in die brasilianische Armee. Warum nicht Soldat werden? Dann würde er wenigstens endlich Arbeit haben. Außerdem hatte er gehört, daß man in der Armee nicht schlecht verdiente, zumal wenn man eine Familie zu versorgen hatte. Und lernen würde er dort auch vieles, was er später bei seiner Arbeitssuche bestimmt verwenden konnte. Doch vorerst verwarf er diesen Gedanken wieder. Jetzt mußte er erst einmal etwas zu essen bekommen. Ach, wenn er doch nur zu Hause wäre, auf dem Lande. Hier war alles so teuer! Doch er wußte einen Platz, auf dem er neulich einen Markt gesehen hatte. Vielleicht fand er

dort ein paar Reste, die man essen konnte. Als er zu dem Platz kam, waren die Händler gerade damit beschäftigt, ihre Stände abzubauen. Er half einigen und bekam dafür Tomaten, Gurken und Mangos geschenkt. Sorgfältig wickelte er alles in ein altes Stück Zeitungspapier und eilte dann damit nach Hause – soweit man seine Unterkunft in der Favella ein Zuhause nennen konnte.